Kadlin Mallet

Als Kind wollte Kadlin Mallet für immer träumen. Von anderen Welten und von anderen Zeiten. Von Drachen, die durch ihre Stube kreisten und einem Universum über ihrem Bett. Groß und Weit war es und die Schwärze gefüllt mit strahlenden Ideen.

Als Erwachsene greifen ihre Gedanken nach den Sternen, während Hände über die Tastatur tanzen. Mal schreibt sie dann, mal verliert sie sich in einem guten Game und Unterhaltungen mit Freunden.

Und dann pirscht sie mit der Kamera in der Hand hinaus und macht Bilder von Himmel, Blatt, Baum, Blüte, Frosch...

An ihrer Seite: Ihr Freund und der Abenteuer-Plüschpinguin TP, die den Weg ins nächste Abenteuer weisen.

VOM BARDEN

UND

PINGUIN

EINE

HOCH OBEN IM NORDEN

KURZGESCHICHTE

VON

KADLIN MALLET

© 2023 Kadlin Mallet

https://www.instagram.com/kadlin_mallet_autor/

https://www.threads.net/@kadlin_mallet_autor

Cover: Kadlin Mallet
Coverillustration: stock.adobe.com - Asanee und
mit Hilfe von Canva

ISBN Softcover: 978-3-384-19259-2
ISBN Hardcover: 978-3-384-19260-8

Druck und Distribution im Auftrag des Autors:
tredition GmbH, An der Strusbek 10, 22926 Ah-
rensburg, Germany

Über **HOCH OBEN IM NORDEN**

»Die Welt ist voller Abenteuer«, sagte er und lächelte. »Und jeder Pinguin will sie erleben.«

Abenteuer-Pinguine reisen durch die Welt, um sich an jeder erdenklichen Herausforderung zu messen. Sind sie erfolgreich, verlieren sie einen Buchstaben ihrer langen Namen und teilen bei gutem Fisch und bester Gesellschaft ihre Erlebnisse. Respektiere jene, deren Namen nur noch aus wenigen Buchstaben bestehen und feier den einen, der keinen Namen mehr hat.

Hoch oben im Norden ist eine Kurzgeschichten-Sammlung, die unabhängig voneinander gelesen werden kann. Im Mittelpunkt steht jedes Mal ein anderer Abenteuer-Pinguin, der zu einem kleinen Abenteuer lädt.

WAS WÄRE DIE WELT NUR OHNE
TRÄUME
UND EINER PRISE FANTASIE?

Inhaltsverzeichnis

EIN TRAUM

»Was willst du?« Der Mann bleckte die Zähne und lachte ihm schallend entgegen.

»Ich will neue Abenteuer-Lieder dichten.« Seld griff nach seiner Laute und blinzelte. Was war denn so schlimm daran? Jedes Kind kannte die Heldenlieder. Jeder in den Wirtshäusern und am Lagerfeuer konnte Satz für Satz mitsprechen – wusste, was passiert. Es war alles viel zu bekannt geworden! Ja, geradezu langweilig, und das wollte er ändern. Nichts weiter.

»Es gibt keine Abenteuer mehr, schlag dir das aus dem Kopf, Junge. Die Zeiten sind lange vorbei. Schone lieber deine Stimme für die nächste Geschichten-Nacht.«

Er schüttelte den Kopf. Warum sollte es keine mehr geben? Das wollte ihm nicht so recht einleuchten. Die Welt war groß und weit und niemand hier hatte mehr davon gesehen, als die Berge im Osten, den großen Wald und die beiden Flüsse im Westen. Da konnte doch nicht Schluss sein, da musste mehr sein! Und selbst wenn es hier, im Tal, keine Abenteuer mehr geben sollte, dort draußen warteten sie mit Sicherheit noch darauf, entdeckt zu werden.

»Nein«, Seld atmete tief durch, »ich werde sie finden und darüber singen!«

Der Mann schnaubte, aber Seld ließ sich nicht beirren. Sollte er nur zweifeln, er würde schon noch sehen.

KLEINER BARDE, GROSSER PINGUIN

Es war so bitterkalt.

Seld zog den Schal enger um seinen Hals und berührte dabei den Wetterstein an seiner Kette. *Warm. Bitte,* dachte er. Er fröstelte so sehr! Es summte und unter seiner Fingerspitze begann es zu glühen. Kribbeln, dann breitete sich wohlige Wärme in seinem Körper aus und entlockte Seld ein Seufzen. *So lässt es sich doch reisen.* Angenehm reisen und das Knirschen seiner Schritte war wie Musik in seinen Ohren, die ihn durch den Schnee begleitete.

Seld nickte zufrieden und schob den Anhänger zurück unter seine Kleidung. Erst in einigen Stunden würde es wieder notwendig werden, den Zauber mithilfe des Steins zu erneuern. So lange war er ein angenehm warmer Punkt auf seiner Haut, der langsam pulsierte.

Und bis dahin... Seld atmete tief durch und schob die Laute auf seinem Rücken zurecht. Bis dahin hatte er hoffentlich etwas Interessantes gefunden, für das sich dieser Weg auch gelohnt hatte! Diese Kälte, die nach ihm griff und der er nur dank des Steins Herr wurde.

Hier wird es wie überall sein, knurrte eine Stimme in seinem Kopf. *So wie immer. Du hast nie auch nur irgendetwas gefunden!*

Ja, das wusste er... Aber deshalb das Hoffen aufgeben? Nein, das kam für ihn nicht infrage – oder? Er irrte schon so lange umher.

Ein Seufzen wollte ihm über die Lippen schlüpfen und blieb doch dort, wo Enttäuschung begonnen hatte, sich einzunisten: Tief in ihm. Und nun waren sie doch da, Zweifel, die er doch versucht hatte, beiseitezuschieben. Zu vergessen.

Was hatte er auch erwartet, als er diese Schneelandschaft aufgesucht hatte? Wie so viele Orte und Gegenden zuvor.

»Ein Abenteuer...«, murmelte Seld. Eines, von dem er hoffte, dass dieses es endlich wert wäre, erzählt zu werden. Und hier war Selds Hoffnung besonders groß gewesen, hatte er doch auf dem Markt einige interessante Gespräche über diese Gegend aufgeschnappt: Eine magische Landschaft, nur offen für jene, die glaubten.

Doch außer gähnender Leere und Langeweile, war hier absolut nichts. *So wie immer eben.* Hatten die anderen am Ende doch recht? War die Zeit der Abenteuer einfach schon vorbei? Seld wollte nicht, dass es so war! Es konnte nicht, es durfte nicht... *so sein.*

Nun war es doch da, ein leises Seufzen in dieser elenden Stille. In ihm klang es nach, wie einst die letzten Töne seiner Laute. Damals bevor er sie sich auf den Rücken geschnallt hatte und ausgezogen war. Manchmal, in sternenklaren Nächten vermisste Seld das Gefühl der Saiten unter seinen Händen.

Er hatte sich Großes ausgemalt und Seld hatte darauf vertraut, dass es wie in einem seiner geliebten Heldenlieder ablaufen würde: Man reiste eine weil umher und kaum vor Ort geriet man schon in ein atemberaubendes Abenteuer. Eines von dem man sofort wusste, dass es Stoff für Legenden war.

Nun, Seld war viel gereist. Hatte viele Orte gesehen, große Städte besucht und mit dutzenden Menschen geredet. Sie alle hatten stattlich gewirkt mit ihren kräftigen Körpern, einer Waffe am Gürtel oder über den Rücken geschnallt und einem verwegenen Blick. Doch nicht einer hatte etwas zu erzählen gehabt – oder war gewillt gewesen, ihn mit sich zu nehmen. Es wiederholte sich, schon wieder. Viel schlimmer war nur, dass es langsam so wirkte, als wäre das einzige Lied, das er am Ende singen könnte, das seines Scheiterns. *Schwindende Abenteuer, vergebliche Reise, wäre das nicht ein toller Titel?*

Seld atmete tief ein und aus. Eine Wolke tanzte vor seinem Gesicht, dann stob sie auseinander und wurde zum allumfassenden Nichts inmitten des Schnees, der ihn umgab.

Etwas schoss in der Ferne in den Himmel, färbte den Horizont und hinterließ ein wässriges Glitzern vor der Sonne.

Unwillkürlich musste Seld lächeln und schloss seine Augen. Nun, zumindest war hier nicht nichts und ein zauberhaftes Naturschauspiel ließe sich schon irgendwie besingen. Es war nur nicht das, was er erwartet hatte. Ja, nicht einmal so ähnlich. Aber er musste nehmen, was er kriegen konnte – nicht?

»Oh, nein. Oh, nein!« Blinzelnd öffnete Seld seine Lider wieder. War da etwas gewesen? Es hatte sich fast wie eine Stimme angehört. Dabei lag die letzte

Begegnung mit einem anderen Menschen einige Tage zurück – oder noch länger? Seld wusste es nicht mehr – nicht sicher – hier draußen reihte sich ein Tag an den anderen. Alle gleich, alle unendlich weit und leer und nur durchzogen von seinen Schritten und dem Knarzen seiner Laute. Die Kälte tat ihr nicht gut und so sehr er es sich auch wünschte, der Wetterstein hatte keinen Einfluss auf sie. Nur auf Lebewesen.

Egal. Seld sah sich um. Doch da war nichts. Keine Gestalt, kein Geräusch im Schnee, ja nicht einmal ein Säuseln im Wind. Nur das Weiß unter weitem Himmel und dazwischen einige Bäume und Hügel. *Seltsam.* Hatte er es sich nur eingebildet?

Ein leises Schniefen, kaum dass er sich umgewandt hatte und Seld spitzte die Ohren. Doch, da war etwas. Eindeutig!

»Mein Schiff...« *Schiff, hier draußen?* Hier war doch nur Schnee!

Etwas prallte hart gegen sein rechtes Bein und als Seld hinab sah, hockte dort ein Pinguin im Schnee. *Was bei allen gut gestimmten Saiten?*

»Was?«, das Tier strich sich über die Augen und richtete sich das zerzauste Gefieder, »schon wieder gestolpert. Hab doch keine Zeit.« Eilig rappelte er sich auf und watschelte weiter, nur um in aller Eile auf die eigenen Füße zu treten und mit dem Schnabel voran im Schnee zu versinken. Sein Bürzel hing in der Luft und ein ersticktes Quäken drang zu Seld herüber.

»Du...« Seld stockte und schüttelte voller Unglauben den Kopf. Starrte, konnte nicht anders, als zu starren. »Du sprichst? Aber Tiere können doch nicht...«

Er erwartete keine Antwort. Natürlich nicht, dass dort war ein Pinguin, und diese redeten nicht! Und das eben, Seld atmete tief durch, das war bestimmt nur ein Streich seiner Fantasie gewesen, geboren aus der langen Einsamkeit und dem ständigen Einsatz seines Wettersteins. So musste es sein!

Aber als der Pinguin aufsprang, die Flossen in die Seiten stemmte und ihn musterte, war diese Sicherheit dahin.

»Aber natürlich!« *Natürlich.* Seld schloss seine Augen, zählte bis drei und wusste noch immer nicht, was er davon halten sollte, als er die Lider wieder öffnete und der Pinguin noch immer vor ihm stand und sich wiederholte: »Natürlich!«

Hatte er den Wetterstein in den letzten Stunden vielleicht zu großzügig genutzt? Aber die Wärme umhüllte ihn wie immer: Angenehm und wohlig und der Zauber selbst meldete keine Anomalien.

Und das... Seld wollte es selbst kaum glauben, doch es ließ keinen anderen Schluss zu.

»Du redest!«, platzte es aus ihm heraus. Hoch und schrill, das vollkommene Gegenteil seiner sonst rauchig dunklen Stimme. Es war Seld nicht einmal peinlich.

»Jaha.« Der Pinguin schüttelte Schneereste aus seinem Gefieder und drehte sich um.

»Warte«, Seld traute sich kaum, die Frage zu stellen, »Welches Schiff meinst du?«

»Na meins!« Der Pinguin plumpste in den Schnee und da war es wieder, das leise Schniefen. Genauso unvermittelt, wie es verschwunden war – und es fiel ihm erst jetzt auf. *Seltsam.* »Ich war zu langsam.«

»Oh«, Seld griff sich an die Brust, es zog, »das tut mir leid.«

Nicht nur leid. Es tat Seld weh, diesen Pinguin so traurig zu sehen, und glitzerte es feucht an seinem Schnabel? *Oh bitte nicht.* Er konnte doch niemanden weinen sehen! Fühlte es doch sofort, sobald er auch nur das Glitzern sah oder jemand Blicken auswich. Sein ganz eigenes, magisches Talent, wo er sonst völlig unbegabt war und auf ein Hilfsmittel wie den Wetterstein zurückgreifen musste.

Seld presste die Lippen zu einem

schmalen Strich zusammen und tätschelte dem Tier vorsichtig den Rücken. »Das wird schon.«

»Nein... nein. Ich... ich werde es verpassen.« Er weinte leise und es brach Seld das Herz. Ließ die Finger zittern und seinen Bauch schmerzen.

Er musste doch etwas tun können! Vielleicht... *Ja!* »Ich bring dich hin.«

»Großartig!« Der Pinguin klatschte in die Flossen und sprang auf. »Los, los, schnell!«

Wie? Die Euphorie, die plötzlich den Körper des Pinguins erfasst hatte, verwirrte Seld. Wo war die Trauer? Die Tränen und das Jammern?

Der Pinguin hielt sich an seiner Hand fest und kletterte ihm in die Arme. Und was wurde das?

Seld blinzelte und starrte ihn dann

einfach nur an. Schon wieder. Aber immerhin fühlte auch er selbst sich nun wieder besser.

»Zum Hafen. Los, los.« *Hafen, welcher Hafen?*, fragte er sich irritiert. Hier herrschte doch nur Schnee!

»Wohin?« Vielleicht hatte er sich verhört? Andererseits, wenn der Pinguin ein Schiff verpasste, musste es ja auch einen Hafen geben, oder? *Wer weiß, was er für einen Hafen hält...*

»Hafen!«, wiederholte der Pinguin und strampelte mit den Füßen, »Los, los!« Hatte er nicht. *Was für ein Tag.* Seld schüttelte den Kopf. *Und er hat gerade erst begonnen.*

Schnee knirschte unter seinen Sohlen, seit einer ganzen Weile schon, und ein leises Rauschen, das Seld nur von Wasser kannte, umspielte sie. *Vielleicht das*

Meer? Immerhin musste es etwas in der Art geben, wenn der Pinguin zu einem Hafen wollte. Sofern es überhaupt ein richtiges Meer war und kein zugefrorener See mitsamt schiffsähnlicher Schneeskulptur. Er konnte sich irgendwie nicht vorstellen, diesen Pinguin auf einem echten Segler zu sehen. Oder auch nur in einem Hafen mit Pier, Kai und Landungssteg, und einem kleinen Wirtshaus mit Lagerhalle auf der anderen Seite.

Er schüttelte den Gedanken ab. Um was es sich nun wirklich handelte, würde er schon noch früh genug sehen.

»Wie heißt du eigentlich?«, fragte Seld. Wenn der Pinguin redete, dann hatte er doch sicherlich auch einen Namen.

»TP.« Seltsam, nur zwei Buchstaben?

Das war ihm wirklich noch nie untergekommen. Weder in seiner Heimat, noch auf seiner Reise. Andererseits, ihm war auch noch kein sprechender Pinguin begegnet und was wusste er schon über dieses Völkchen. Oder seine Namen?

Nichts, dachte Seld. Er hatte bis jetzt ja nicht einmal gewusst, dass diese Tiere auch sprechen konnten.

»Und du?« TP strampelte, bis sie einander ansehen konnten.

»Seld Dunkelstimme.«

Kleine Augen glänzten ihm entgegen. Den Kopf schief gelegt, den Schnabel weit geöffnet, quäkte TP: »Ganz schön langer Name!«

»Bitte?« Seld zog eine Augenbraue in die Höhe und musterte TP. Was meinte er damit?

»Ja«, der Pinguin nickte eifrig und tätschelte ihm den Arm, »aber das ist kein Problem. Fahr einfach ein bisschen zur See, und alles wird gut.« Nicht nur der Kopf wackelte, nun ging ein Ruck durch den ganzen Körper und Seld hatte Mühe, ihn noch in den Armen zu halten. »Da ist es großartig! Mal rau, mal sanft und du weißt nie, wo du landest!«

»Und das soll helfen?« Bei Namen? Irgendwie wusste Seld nicht, was er davon halten sollte. Abenteuer konnten magisch sein, ja. Aber einen Namen ändern? Davon hatte noch kein einziges Lied berichtet, und Seld kannte unzählige. Höchstens bekam man einen Beinamen nach einer großen Errungenschaft. Er ließ sich aber gerne eines besseren belehren. Immerhin war er Barde geworden, weil er Lieder voller großer Personen und Magie singen wollte – und das wirkte doch wie etwas, was in diese Richtung ging!

»Natürlich!«, quäkte TP voller Überzeugung. »Jedes erfolgreich abgeschlossene Abenteuer, ein Buchstabe. Sonst würde ich ja heute noch Teparios Anormalius Begulio Penguine heißen.«

»Das«, setzte Seld an. Vornehmlich, weil er nichts anderes zu sagen wusste, und räusperte sich. »Beeindruckend.«

»Sicher«, TP reckte den Schnabel empor und zwinkerte ihm zu, »Keine Angst. Du schaffst das auch.«

Ganz schön selbstsicher für seine Größe. Doch Seld kam nicht umhin, ihm jedes Wort zu glauben.

»Und nun, da wir das geklärt haben«, TP strampelte in Selds Armen, bis sein Schnabel über seine Schulter reichte, »Was ist das hier? Das tanzt die ganze

Zeit schon von links nach rechts!«

Ein Laut drang an Selds Ohren. Verzogen, missklungen, ihm lief ein Schauer über den Rücken. Das teure Stück! »Bitte, fass es nicht an.«

»Aber es klingt!« TP quäkte und seine Füßchen traten gegen Selds Arme, bis er sich auf seine Schulter geschoben hatte. Ein Flügel klatschte gegen Selds Kinn und dann war es wieder da: Ein Ton, unstimmig, es tat ihm in der Seele weh. Und kurz darauf knallte es und ein Luftzug schnitt durch seine Haare. Verdammt!

TP quietschte auf und warf die Flossen in die Luft. Dieses Mal traf er ihn am Hinterkopf. Zurück blieb ein Pochen, das nur langsam abklang.

Seld schnaubte leise und zog TP zurück in seine Arme. »Ich sagte doch, dass du es nicht anfassen sollst.«

»Du hast eine Waffe dabei!« TPs Augen leuchteten und Seld blinzelte, ehe er sich beeilte zu antworten: »Nein, eine Laute.«

»Oh, schade, schade. Was ist eine *Laute*?«, quäkte TP. Er rümpfte den Schnabel und schmatzte leise. Sein Blick glitt erneut nach oben und Seld festigte seinen Griff um den Pinguin. Nur zur Sicherheit. Er wollte nicht noch eine Saite verlieren oder noch einen Schlag abbekommen. Die beiden hatten ihm absolut gereicht.

»Ein Musikinstrument. Ich erzähle damit Abenteuer-Geschichten am Lagerfeuer oder in größeren Gesellschaften.«

»Oh!« TP klatschte begeistert mit den Flossen. »Dann erzählst du auch von mir! Los, lass eine hören!«

Seld stockte und blinzelte verwirrt. Bitte was? Er kannte nicht eine Geschichte, deren Held ein Pinguin war! Ja, nicht einmal eine, die er hätte in diesem Maße umdichten können. Wie sollte er TP das erklären, ohne ihn wieder so bitter zu enttäuschen? Seld wollte ihn doch nicht traurig sehen. Nicht jetzt, wo er ihn so begeistert erlebt hatte.

»Ich...«, sagte er. Mehr wollte ihm beim besten Willen nicht einfallen. Sein Kopf war leer. Da war nur noch immer dieses Pochen. Nicht mehr schmerzhaft, doch noch immer da.

»Natürlich erzählst du nur Geschichten von mir. Ja, ja von wem auch sonst?«

»Ja...«, antwortete Seld. Wie sollte er aus dieser Nummer jemals wieder rauskommen?

Etwas kratzte an seinem Nacken und

stach ihm in die Haut. Richtig!

Seld atmete erleichtert auf. Das war seine Rettung! »Ich würde gerne. Nur leider ist eine Saite gerissen und ich kann nicht vorspielen.«

»Oh.« TP schniefte leise. »Hab ich es kaputt gemacht?«

Glänzte es in seinen Augen? *Bitte nicht weinen!* »Nein, keine Angst es ist nur einfach zu kalt.«

Seld schüttelte den Kopf, während seine rechte Hand über TPs Rücken glitt.

»Aber weißt du, ich bin auch schon eine ganze Weile unterwegs und habe viele Orte gesehen.« Vielleicht konnte er ihn damit ja ablenken und auf andere Gedanken bringen?

»Wirklich? Du?« TP strampelte aufgeregt in seinen Armen.

Was sollte das denn heißen! »Ja«, sagte Seld. Es war mehr Frage, als Erwiderung und doch reichte es aus, dass TP begeistert mit den Flossen klatschte: »Erzähl!«

Seld tippte sich an die Brust und straffte die Schultern. »Ich reise von Ort zu Ort und lausche nach interessanten Geschichten und spannenden Begebenheiten.«

»Und wozu?« Hätte der Pinguin Augenbrauen, Seld wäre sich sicher gewesen, dass er sie angehoben hätte. So lag nur sein Kopf schief und eine Flosse strich seinen Schnabel entlang.

»Um in großen Metropolen oder dem weiten Land Abenteuer erleben zu können. Ich will sie besi...«

TP trommelte gegen seine Brust und schüttelte den Kopf. Der Schnabel war zu einem Schrei aufgerissen, der doch nicht kam. Nur ein langes Seufzen war zu hören.

Was war das jetzt? Seld blieb abrupt stehen und schob seine Hand vor die Flossen.

»Du suchst Abenteuer nach Erzählungen?«, TP wirkte plötzlich unheimlich enttäuscht, »das sind doch keine echten Abenteuer.«

»Nicht?«

TP tippte ihm mit beiden Flossen gegen die Brust. Dann griff er nach seinem Mantel und sah zu ihm auf. »Natürlich nicht! Hast du denn wenigstens ein Seil dabei?«

Seld blinzelte. Wozu denn ein Seil? Noch dazu hier draußen im Schnee? »Nein?«

TPs Flossen schossen in die Höhe und dieses Mal kam doch ein quäkender

Schrei aus seinem geöffneten Schnabel. »Seld, jeder Anfänger-Abenteurer weiß doch, dass man immer ein Seil mit dabei haben soll!«

Das... Seld schluckte. Das war ihm neu und das hatte ihm so auch noch nie jemand gesagt. Nicht, als er losgezogen war und auch nicht in den Orten, die er seitdem besucht hatte.

Er biss sich auf die Unterlippe und kam sich plötzlich so dumm vor. War er deshalb auch abgewiesen worden? Weil er selbst diese Grundlage nicht beachtet hatte?

Doch TP hatte noch mehr angedeutet und wenn er nun schon mit der harten Realität konfrontiert wurde, wollte er die ganze Wahrheit seiner Fehler hören. Vielleicht lief es dann ja in Zukunft besser?

»Und warum sind das keine echten Abenteuer?«

»Wie willst du Abenteuer planen? Du stolperst in eins hinein und«, der Pinguin tätschelte ihm abermals den Arm und sah ihn mitfühlend an, »wenn man sich darüber bereits in Orten erzählt, dann wurde es schon erlebt.«

Seld stockte. *Wurde es?!* Viel Wichtiger aber: »Kann man nicht?« Er spürte den Druck einer Flosse auf seiner Brust.

»Nein, nein.« Luft entwich lautstark dem Schnabel und TP schüttelte sich.

»Du kannst Reisen planen. Aber Abenteuer? Die nicht, Seld. Die nicht.«

»Interessante Ansicht.« Und wahrscheinlich ein weiterer Grund, warum er bisher gescheitert war. Er war nur gereist und alten Erzählungen nachgejagt. *Ich Idiot.*

»Natürlich«, sagte TP, »ich hab ja auch Erfahrung damit.«

Darauf wusste Seld nichts mehr zu erwidern.

Seld war dem Rauschen entgegen gewandert, bis sich der Schnee erst in Eis und dann tatsächlich auch in Wasser verwandelt hatte. TP hatte die Zeit ruhig in seinen Armen verbracht. Dann und wann geschmatzt und Seld war sich nicht sicher, ob er wirklich die ganze Zeit über wach gewesen war. Da war ein leises Schnarchen gewesen.

Jetzt aber, wo das Meer vor ihnen glitzerte und das Knirschen seiner Stiefel nachgelassen hatte, war wieder Leben in den Pinguin gekommen. »Wir sind im Abenteuer-Hafen, Seld! Beeilung, Beeilung!«

Abenteuer-Hafen? Was für ein klingender Name für einen Ort, der im Grunde nur aus Eisschollen und einigen Schnee-hügeln bestand! Doch als sie näher ka-men und den ersten Hügel umschritten hatten, stockte Seld.

»Das ist der Hafen?« Er blinzelte und wusste nicht, wohin er als Erstes sehen sollte. Zu dem Schneeiglu, vor dessen Eingang ein großes Schild – *zum spre-chenden Abenteuer* – baumelte? Zu den schwatzenden Pinguinen, die rund um eine Kiste Karten spielten? Oder doch lieber zum Wasser, wo einige Pinguine Säcklein an einer Schnur befestigt hat-ten und ihre Angeln auswarfen?

Seld schüttelte den Kopf. Das hier war so viel mehr als das, was er erwartet hatte! Gut, das war nicht schwer, im Grunde hatte er nichts erwartet. Aber das hier... er atmete tief durch. Das war eine schiere Überraschung!

»Und«, er musste sich räuspern, als aus einem anderen Hügel ein gähnender Pinguin trat und sich eine Mütze auf sein Haupt setzte, »Wo ist dein Schiff?«

Denn auch wenn hier viel auf den Eisschollen vor sich hin wuselte, das Meer lag vollkommen still vor ihnen und Seld erkannte nichts darauf, was auch nur in die Richtung eines Schiffes ging. Keine schwimmende Eisscholle, kein kleines Floss oder gar ein echtes Schiff. Da war nur ein Wal in der Ferne, dessen Buckel träge durch die Wasseroberfläche brach.

Selds Griff um TP festigte sich. *Hoffentlich haben wir es nicht verpasst.*

»Da drüben«, TP wies hinaus aufs Meer und seine Flossen schlugen begeistert auf Selds Hände, »Wir sind noch rechtzeitig.«

Nur, da war nichts. Kein Schiff am Pier, keins im Hafenbecken. Nur das Meer und dieser Wal. »Wo?« War er denn blind? Oder konnten nur Pinguine dieses Schiff sehen? Da war nichts!

»Na da!« Ein lautes Quäken, dann grinste TP in breit an und deutete hinaus auf die See.

Seld atmete tief durch. *Es ist der Wal.* Das war so unerwartet, wie er es bei diesem Pinguin hätte erwarten können. Ein verdammter Wal als Schiff, das klang so gedacht nicht nur nach einem Abenteuer, das war ein einziges Abenteuer – gerade als Pinguin!

Das ist doch verrückt! Andererseits, was von dem was er heute erlebt hatte, war das nicht?

»Wir müssen uns beeilen, Seld. Vielleicht ist noch ein Beiboot da!«

Beiboot? Wollte er wissen, was hinter diesem Wort stand – und ob es sich dabei auch um ein Tier handelte? Zeit, darüber nachzudenken, blieb ihm nicht. TP scheuchte ihn: »Los, los! Zum Pier.«

Ein Schritt, weiter kam er nicht, denn etwas zog an seinem Mantel und als Seld nach unten sah, lugten ihm zwei Augen hinter einer dicken Brille entgegen. Noch ein Pinguin und was er trug! Ein hoher Hut mit Krempe, ein Umhang, und eine Flosse hielt einen reichlich verzierten Gehstock. Was es nicht alles gab!

»Wichtiger Händler«, TP zischelte hinter vorgehaltener Flosse und verzog gleichzeitig unglücklich den Schnabel, »lässt man nicht warten, auch wenn man keine Zeit hat. Nein, nein.«

Als Seld wieder hinabsah, war dort

nicht mehr nur der Pinguin, sondern ein ganzer Verkaufsstand. Inmitten des Hafens und aus dem Nichts aufgetaucht – wie gefühlt alles hier.

Woher kommt das? Seld konnte es sich beim besten Willen nicht erklären.

»Butterlachs?«, fragte der Händler mit samtig weicher, aber quäkender Stimme. Der Stand begann unter der Last von dutzenden Fischen zu ächzen, die bis eben definitiv noch nicht dort gewesen waren. »Oder doch lieber 3-Seen-Hechte?«

Seld blinzelte verwirrt. Diese Fischarten kannte er gar nicht und auch der Rest der Auslage war übersät mit Fischen in Farben und Formen, die er in keiner Küstenstadt oder Metropole je gesehen hatte. Das war unglaublich!

»Beide? Ausgezeichnet, wirklich ausgezeichnet!« Zwei Flossen klatschten ineinander und die Begeisterung des Händlers schwebte zwischen ihnen in der Luft.

»Oh, nein.« Seld hob abwehrend die Hände und hätte beinahe TP fallen gelassen. Was passierte hier gerade? »Ich möchte nichts.«

Ein lautes Quaken, ein spitzer Schrei und Stand und Pinguin waren verschwunden. Stattdessen mühte sich ein Häufchen Elend über den Kai und da war ein leises Schluchzen. Dann war der Pinguin so plötzlich verschwunden, wie er aufgetaucht war.

Seld zitterte und da war es wieder, ein Stich in seiner Brust.

»Du hast ihn enttäuscht!« TP schüttelte ausgiebig den Kopf. »Musst noch viel lernen, wenn es um Abenteuer geht.«

»Warum? Das war doch nur ein Fisch-Händler?« Und er hatte nicht einmal Hunger! Was also sollte das mit einem echten Abenteuer zu tun haben?

Ihm tat es nur leid – weh – dass er diesen Pinguin so bitterlich enttäuscht hatte. Und nichts dagegen tun konnte. Nichts mehr.

TP antwortete nicht. Er schüttelte nur weiter ausgiebig den Kopf und gab einen Laut von sich, der ihn an eine Klage erinnerte. Gefühlsintensiv, das passte zu ihm und was hatte Seld auch anderes erwartet? Dieser kleine Pinguin lebte seine großen Emotionen!

»Zum Hafenbecken«, quäkte er nach einem tiefen Seufzen und klopfte gegen seine Hand, »los los!«

Dieses Mal schaffte er es nicht, sich zu bewegen, da zupfte es schon wieder an seiner Hose: »TP?«

Etwas schob sich erst auf seinen rechten Fuß und dann auch noch auf den langen Mantel und als Seld einen Blick hinab wagte, blickten ihm unzählige Pinguine entgegen. Schon wieder.

»Auch das noch! Meine Gefolgschaft...«, flüsterte TP. Mehr nicht und er blieb in seinen Armen sitzen.

Das war... das war ja... Eine ganze Traube! Seld blinzelte überrascht und wollte einen Schritt zurückweichen. Ein Quäken, ein aufgebrachtes Schnattern und Seld blieb stehen. Pinguine, überall.

»Was machst du hier? Dein Schiff!«

»Dein Abenteuer!«

TP stieß ein Wimmern aus und hob eine Flosse an die Stirn, ehe er ganz klein in seinem Arm wurde. Die Enttäuschung war weg und nun schüttelte ein lautes Schluchzen die Brust des Pinguins. Und Selds. »Ich weiß! Ich war zu langsam...«

»Oh nein, TP!« Die Meute hielt den Atem an, ein Pinguin tätschelte Selds Bein, als würde es etwas ändern. Ein anderer schnäuzte in seinen Mantel und er sah Tränen in unzähligen Augen glitzern. »Das gute Abenteuer.«

Ein Pinguin weinte. Ein Zweites stimmte mit ein und auch auf TPs Schnabel sah Seld Tränen glitzern. Es zog in seinem Bauch, schmerzte in seiner Brust. So viel Trauer! Diese ganzen Pinguine... Seld schniefte leise auf. Er konnte nicht anders, es berührte ihn zu sehr und sein Blick verschwamm.

»Aber dafür«, er räusperte sich, ihm brach die Stimme, »dafür bin doch ich da, TP. Wir schaffen das.«

Er fuhr dem Pinguin über den Rücken. »Wir schaffen das.«

»Ja, gelobt sei der Fremde. Ja, ja!« Flossen schossen in die Höhe, Jubelschreie brandeten an seine Ohren und dutzende Säcklein flogen umher und zeichneten die Welt in einem glitzernden Grau. »Er wird es schaffen!«

»Natürlich wird er das! Er ist mein Mensch, mein Gehilfe!« TP sprang in seinen Armen auf und reckte den Schnabel gen Himmel. »Er tut, was ich zu schaffen nicht in der Lage war!«

Gehilfe?, dachte Seld verdattert. Er öffnete seinen Mund und schloss ihn wieder. Kein Laut wollte über seine Lippen kommen. Nur blinzeln konnte er. Doch selbst wenn, wahrscheinlich wäre alles im Jubel der Gruppe untergegangen.

Seld schüttelte den Kopf. Was für ein seltsames Völkchen. Was für seltsame Gefühlsschwankungen!

»Und nun packt den teuren Dreck weg und lasst uns vorbei!«

»Ja, ja, TP!«

»Los, Seld!« TP strampelte in seinen Armen. Die Füßchen stießen gegen seinen Mantel und erst jetzt bemerkte Seld den Weg, der sich vor ihm eröffnete und zu einer Eisscholle führte. »Weg mit den Tränen und auf zum Beiboot!«

Er weinte? Seld fuhr sich mit einer Hand über die Wangen. Sie waren nass. Tatsächlich! Eilig wischte er sich mit seinem Ärmel über das Gesicht. Und das vor den Pinguinen! Es war ihm schon ein wenig peinlich.

TP sagte nichts dazu. Er quäkte nicht, schüttelte nicht den Kopf oder tätschelte ihm den Arm. Nein, stattdessen zog der Pinguin sich an seinem Schal nach oben, bis er auf seiner Schulter stand. Eine Flosse strich über sein Ohr. Kalt war sie, feucht und unwillkürlich berührte Seld seinen Wetterstein. *Warm.* Wenn TP dort oben nun hocken wollte, war das besser so. Seld hatte nur milde Lust, immer wieder von dieser Kälte überrascht zu werden und zu frösteln.

Es blieb nicht dabei. Die Flosse zog an seinem Ohr und plötzlich war da ein Fuß an seinem Kinn. »Was?«, brachte Seld hervor und langte an seinen Kopf. Er war zu spät. Seine Hand streifte nur noch den Bürzel TPs, während es an Ohr und Haaren zog und ihm einmal mehr das Wasser in die Augen schoss. Verdammt tat das weh! »Was wird das TP!«

Dann war es vorbei und kleine Füßchen schoben sich über seinen Kopf. Ein Schmatzen drang zu ihm vor. »Ja, ja das ist gut hier. So seh' ich mehr.«

Nicht ein Wort der Entschuldigung.

»Halt still, Seld. Wenn du so zappelst, kann ich nicht Ausschau halten.« Es klapperte und ein Rohr schob sich in Selds Blickfeld. Wurde er da gerade als Ausguck ausgenutzt?

»Wirklich, ein guter Ausblick«, das Rohr wanderte, »noch ein Stück nach vorne Seld. Bis zum Kai.«

Seld fasste auf seinen Kopf, aber TP wich seinen Fingern geschickt aus und entwand sich ihm. »Na na!«

Er seufzte und fragte ergeben: »Die Eisscholle?«

»Keine Zeit für Fragen, Seld. Das Abfahrtssignal kann jeden Moment kommen und wir haben schon genug getrödelt. Los, los nach vorne!«

Vertrödelt?, fragte sich Seld und runzelte die Stirn. Dem Händler hätten sie ausweichen können und der Gruppe... er zuckte mit den Schultern. Aber irgendetwas hätten sie schon machen können, hätte TP es gewollt.

Der Händler war wichtig, schalte eine Stimme durch seinen Kopf. Das hatte TP selbst verkündet und zerknirscht darüber gewirkt. *Und die anderen Pinguine hatten wie ein begeistertes Gefolge gewirkt.* Natürlich ließ TP sich das nicht entgehen und schwamm in ihrer Aufmerksamkeit und in ihren Emotionen – etwas andere passte auch gar nicht zu ihm! Zu diesen Pinguinen, die alle so hochemotional waren und es miteinander teilten.

Beeilen war trotzdem keine schlechte

Idee. Seld wollte nicht scheitern. Nicht, da sie es schon in den Hafen geschafft hatten und sie nur noch einen Sprung entfernt vom Ziel waren.

TPs Füßchen berührten seine Stirn und hinter dem Rohr schob sich nun auch der gelbe Schnabel vor den Himmel. Schmatzen.

Das Rohr erzitterte, und ein lautes Quäken erscholl, ehe TP brüllte: »Da ist eins. Auf das Beiboot, Seld!« Er jagte von seinem Kopf und Seld konnte nicht anders, als ihm zu folgen. Mit weiten Schritten und einem langen Sprung direkt ins kalte Wasser. *Oh Gott.* Japsend brach er durch die Oberfläche. *Verdammter Pinguin!* Und seine Laute! Mit Sicherheit war sie nun ruiniert!

Seld atmete tief durch. *Egal.* Denn es hatte sich so verdammt richtig angefühlt, TP nachzuhechten. Diesem Tatendrang zu folgen.

»Komm, komm«, TPs Flossen griffen seine Hände und dirigierten ihn, »wir müssen los.«

Ja, aber wie? Sie waren mitten im Wasser und Seld spürte bereits, wie die Kälte nach ihm griff. Er berührte abermals den Wetterstein, während die Wellen um seinen Körper schwappten und dachte: *Vertreib die Kälte, hüll mich mit Wärme ein.* Ein einfaches *Warm* hätte nicht ausgereicht. Der Wetterstein vibrierte zwischen seinen Fingern und die Kälte war verschwunden. Das Einzige was blieb, war seine wasserschwere Kleidung. Seld seufzte leise. Besser!

»Los, los, keine Zeit für Spielchen! Ich verpasse sonst die *Heilige Abenteuer!*«

»Die was?«, fragte Seld und starrte TP

aus weiten Augen an. Wasser glitt um seinen Hals.

»Das Schiff.« TP erwiderte seinen Blick, dann berührten Selds Hände eine weitere Flosse und ein Ruck ging durch seinen Körper.

Natürlich war auch das *Beiboot* ein Wal – ein Junger nur, aber was änderte das schon? – und TP watschelte unruhig über den Buckel, das Rohr stets zum großen Wal – der *heiligen Abenteuer* – gewandt.

Seld wusste nicht, wonach er Ausschau hielt und warum er dafür noch das Fernrohr nutzte. Inzwischen waren sie nah genug, um auf dem Buckel allerlei Kisten, Planken und weitere Pinguine mit Hemd oder Weste und Hut zu erkennen.

»Sag mal«, brachte Seld zwischen

zwei Wellen hervor. Er wagte es nicht, sich zu TP auf den Buckel zu setzen. Nicht, wo er so aufgeregt tippelte und mit dem Rohr schwang! »Wie kommst du eigentlich auf den Wal?«

TP starrte ihn an und etwas zuckte an seinem Schnabel. »Wal?« Er legte den Kopf schief.

»Na dein Schiff.« Seld atmete tief durch. Es fühlte sich so falsch an, das Tier so zu bezeichnen. Doch wenn TP ihn nicht anders verstand...

»Ah!« TP nickte, nur um sofort danach mit den Flossen zu zucken. Er wusste es nicht? Das traf Seld völlig unerwartet. Er war doch sonst so gut vorbereitet!

»Entweder über die Strickleiter. Oder«, in TPs Augen trat ein Glitzern und in Seld keimte Angst. Wollte er die zweite Variante hören? Er war sich alles andere als sicher und ihm wurde mulmig.

»Oder?«, fragte er trotzdem. Doch TP war verstummt. Da war nur dieses Grinsen rund um seinen Schnabel, das mit jedem Augenblick breiter wurde. Es würde auf jeden Fall unerwartet werden, und das gefiel Seld alles andere als gut.

»Du wirfst mich!« *Werfen?* Seld schluckte. Das... Das würde doch niemals funktionieren.

»Oh ja, werfen. Ich werde der erste fliegende Pinguin sein!« TP tänzelte über den Buckel und plötzlich zierte seinen Kopf etwas, das Seld sehr an eine Fliegerbrille erinnerte. Wo hatte er das nun schon wieder hergezaubert? »Seld, es ist beschlossen.«

»Be-« Selds Stimme zitterte und seine

Hände fühlten sich noch feuchter an, als sie es in dem Wasser ohnehin schon waren und es war doch wärmer geworden, oder? »Beschlossen.«

»Schön, dass du auch dafür bist!« TP klopfte gegen die Flanke des Beiboots – *Wals*, korrigierte Seld. Das Tier drehte ab und nun war vor ihnen nichts als ein Buckel voller Gewusel. Er hatte kein Auge dafür. In seinem Kopf war nur ein einziger Gedanke. So allumfassend groß, dass er jeden anderen an den Rand drängte: Dort hinauf musste er TP werfen! *Wie?!*, schrie es in ihm. Das war doch unmöglich.

»Die *Heilige Abenteuer*, Seld! Es ist fast geschafft«, flüsterte TP voller Ehrfurcht. Das Fernrohr platschte neben ihm ins Wasser.

»Mh«, gab Seld zurück. Seine Finger

zitterten, nein, sein ganzer Körper!

»Vor dem zweiten Fontänenstoß musst du mich geworfen haben.« Seld nickte und schluckte Wasser. Er hatte nicht auf den Wellengang geachtet und Husten schüttelte nun seine Brust.

»*He!*«, brüllte TP und quäkte dann fröhlich. »Sie reagieren Seld. Alles wird gut!«

Gut? Wie sollte es gut werden? Sie waren doch nur ein Punkt in diesem Wasser, ein Spielball, mehr nicht. Und er, er war es doch, an dem alles hing. Er allein!

»Gleich, gleich.« TP pfiff fröhlich vor sich hin und eine Uhr an seiner rechten Flosse schob sich in Selds Blickfeld. Aufgetaucht aus dem Nichts, wie alles, was TP heute in den Händen gehalten hatte. *Tick. Tack.* Nicht mehr lang. »Gut, gut.«

Nein, nichts war gut! Überhaupt gar nichts! Er konnte das nicht! Plötzlich war ihm warm, nein, viel zu heiß und der Atem, der ihm über die Lippen glitt, war unstet und zittrig.

»TP, ich.« Seld japste, rang nach Luft und schluckte doch nur Wasser. Sein Körper verkrampfte, bis seine Knöchel knackten. Er konnte das nicht!

Zwei Flossen legten sich völlig unvermittelt um sein Gesicht. Ein Schnabel presste sich gegen seine Nase und er starrte in ein Augenpaar, so wild wie die See an stürmischen Tagen. »Spürst du es, Seld? Diese Ungewissheit? Ob alles so vonstatten geht, wie vorgestellt?« Er nickte, konnte nicht anders, als zu nicken und wie gebannt in diese Augen zu schauen.

»Das ist Abenteuer! Das und nichts

anderes! Vertrau auf dich selbst, Seld. Die Kraft für alles liegt in dir!«

Dann verschwanden die Flossen von seinem Gesicht und TP watschelte über den Buckel, als hätte er nie etwas anderes gemacht.

»Hättest du vorhin Fisch gekauft, könntest du dich vor dem großen Wurf noch stärken! Ein Jammer. Wirklich ein Jammer.«

»Ja«, sagte Seld einmal mehr. Dieses Mal aber, da musste er lächeln dabei. Ganz gleich, was das eben auch für ein bizarrer Moment zwischen ihnen gewesen sein mochte, er fühlte sich besser. So viel besser! Er spürte Kraft, wo eben nur Hitze war, fühlte Luft, wo er eben noch gehustet hatte und eine Gewissheit, mit der er hätte Berge versetzen können. Oder Pinguine werfen.

»Danke«, sagte er und fuhr mit einem Finger über seine Nase und Wange. Da, wo eben noch Schnabel und Flossen gewesen waren. Irgendwie hatte Seld das Gefühl, dass es weit mehr als Worte gewesen waren, die TP mit ihm geteilt hatte.

TP hielt in seinen Kreisen inne und legte den Kopf schief. »Wofür?«

»Für«, setzte Seld an und winkte doch ab, »schon gut.« TP wusste es sicher selbst und es aufzuschlüsseln, nahm dem Moment den Zauber.

»Wann soll ich dich werfen?«, fragte er stattdessen.

TP streckte die lange Zunge in den Fahrtwind und schmeckte die Luft. Er nickte. »Gleich.«

»Dann mach' mal Platz da oben.« Mit einem Ächzen stemmte sich Seld auf den Buckel und ließ sich zwischen den Wellen nieder. Wasser lief aus seiner Kleidung und der Laute – und ihm kalt den Rücken hinab.

Seld schüttelte sich. Aber die Magie des Wettersteins hielt: Es blieb warm.

»Hab' mich schon gewundert, was du die ganze Zeit im Wasser plantschst!« Ohne zu fragen, rutschte TP in seine Arme und machte es sich bequem.

Seld blinzelte. »Du hast dem Beiboot doch das Auslaufsignal gegeben, kaum dass du meine Hände an den Flossen hattest!«

»Ach richtig.«

»Und danach bist du herumgewatschelt, als wärst du hier der Herr.«

Ein Schmatzen und leises Schnauben. Dann quäkte er einmal mehr. »Vielleicht.«

Seld schmunzelte. »Ich mag dich, TP.«
Nicht nur ihn, das alles hier. Es war so
erfrischend anders. So erfrischend neu.
Stoff, aus der sich eine vortreffliche Bal-
lade dichten ließ!

»Natürlich tust du das!« *Frecher Pinguin!* »Viel wichtiger aber: Hast du etwas gelernt?«

Habe ich?, fragte sich Seld. Aber im
Grunde war die Antwort eindeutig. Hier,
in diesen paar Stunden mit TP hatte er
mehr gelernt und erlebt, als auf all seinen Reisen zuvor. »Ja.«

»Sehr gut!« TP wackelte begeistert
mit den Füßen. »Dann ist jetzt der rich-
tige Zeitpunkt.«

Seld stockte und ihm wurde schwer
ums Herz. Abschiede waren ihm noch
nie leicht gefallen, und gemocht hatte er
sie schon gar nicht. Er seufzte leise.

»Aber davor tätschel mir nochmal den Rücken. Du konntest das so gut!«

Konnte er? Aber allein diese Erwiderung trieb ihm ein Lachen aus der Kehle und verscheuchte die Wehmut, als er TP über den Rücken strich. Dieser Pinguin!

»Und nun.«

»Werfen!«

»Genau!« TP schob sich die Fliegerbrille über seine Augen und zauberte eine Ledermütze aus seinem Gefieder hervor.

Seld blinzelte. Woh... er schüttelte den Kopf. Es war gleich und dieser Pinguin einfach wunderbar auf jede erdenkliche Gegebenheit vorbereitet. Und das war unglaublich!

TP platzierte sich in seiner Hand und mit einem Ächzen und viel Schwung beförderte Seld ihn der *heiligen Abenteuer* entgegen. Hoffentlich reichte es!

»Huuiiiii!«, erscholl es und schnell stimmten dutzende Rufe mit ein.

Seld sah ihm hinterher. Wie er wie ein Pfeil durch die Luft schoss und schließlich, kurz bevor er auf dem Schiffsrücken gelandet wäre, einen Fallschirm ausbreitete und elegant inmitten der jubelnden Meute landete.

Seld stieß ein Lachen aus. Er hätte wissen müssen, dass dieser Pinguin noch für eine letzte Überraschung gut war!

»Vertrau auf das Beiboot, Sel!«, rief TP. Aus den weiten Laken des Fallschirms ragte kaum mehr als der Schnabel und eine Flosse hervor. Aber mit der winkte er ihm voller Eifer hinterher. »Es wird dich sicher zum Hafen zurückbringen!«

Sel, dachte Seld und musste Lächeln, *oder es bringt mich zu einem neuen Abenteuer.*

Und jetzt hier, auf einem Wal – *Beiboot* – inmitten der See sitzend, wusste Seld nicht, was ihm lieber war.

Seld berührte seinen Wetterstein. *Trocken und warm.*

Seine Haut kribbelte, seine Kleidung raschelte und die Laute gab ein Knarzen von sich. Dann riss eine weitere Saite.

Seld seufzte leise. Aber immerhin war er nun nicht mehr bis auf die Knochen durchnässt und um neue Saiten – oder gar ein neues Instrument – konnte er sich auch später noch kümmern. Erstmal aber brauchte er ein Buch, indem er diese Geschichte festhalten konnte!

Seld warf einen Blick über seine Schulter zurück, während das Beiboot gemächlich durch die See schwamm.

Der Wal ragte noch aus dem Wasser. Völlig unbewegt und TP stand an der Reling und kratzte sich mit einer Flosse am Hinterkopf. In seinem Kopf konnte er ihn quäken hören.

Das passte ja zu ihm! Drängeln und Jammern, wo es gar nicht nötig war – und wer wusste schon, wann das Schiff wirklich aufbrach? Es wirkte, als steckte die Mannschaft noch mitten in ihren Vorbereitungen. Dieser Schlingel!

Seld schüttelte den Kopf. Am besten ließ er dieses Ende weg – oder dichtete es ein wenig um.

Gerade so geschafft. Ja das klang doch wesentlich besser!

AM KAMINFEUER

Das prasselnde Feuer wärmte seinen Körper. Die Flammen leckten wild um das Holz und Seld sahen dutzende strahlende Kinderaugen entgegen.

»Erzähl, Seld, erzähl! Was hast du erlebt?«

Er musste Lächeln. Nachdem er für seinen Traum ausgelacht worden war, Abenteuer erleben zu wollen, um daraus neue Lieder erdichten zu können... Seld hätte nie mit dieser Wendung gerechnet.

Seine Finger glitten über die Saiten seiner Laute. »Also gut.«

Zeitfracht Medien GmbH
Ferdinand-Jühlke-Straße 7
99095 Erfurt, Deutschland
produktsicherheit@kolibri360.de